رواية

الجايمانوس

و الفينيكس حمدانوس

د. جُمان الريحاني

إهداء..

إهداء إلى روح العنقاء

إلى روح الرومان وإلى الأساطير والخرافات

إهداء إلى كل ما هو جميل ومجهول

إهداء إلى من يؤمن بالجمال وان كان مجهولا

جمان الريحاني

في قديم الزمان

كان يا ما كان في قديم الزمان وفي زمان كان مختلفا عن زمننا اليوم ولا يشبه أبدا.

كان الزمان مختلف ولكن البشر لا يختلفون كثيرا في تلك الفترة كانت هناك فتاة اسمها الجايمانوس.

كانت الجايمانوس فتاة محبة للطبيعة والغابات والجبال، والهواية التي كانت تسيطر عليها هي تسلق الجبال واكتشاف مناطق جديدة لم ترها هي من قبل أو لم تطأها قدم بشر يوما.

لقد كانت الفتاة محبة للمغامرة ومحبة للطبيعة بطريقة ملفتة للانتباه فباقي الفتيات في مثل سنها يميلون للهول مع الشباب وكل ما يشغلهم هي أمور الأزياء والثياب والحلي والإكسسوارات ولا شيء غير ذلك.

وفي إحدى رحلاتها ومغامراتها، وعندما وصلت الفتاة إلى أعلى قمة الجبل الذي كانت تتسلقه التقت بشاب هناك

اعتقدت الفتاة بأن ذلك الشاب كان هو الآخر في رحلة لتسلق الجبل وأنه يشاطرها نفس الهواية.

تعرفت الفتاة على الشاب وانسجما مع بعضهما حتى أنها قد شعرت بان شعورا ينمو بداخل قلبها.

المصارحة بالحب

بعد عدة أيام على الجبل صارح الشابان بعضهما بتلك المشاعر التي ولدت في قلبيهما ولكن بعد ذلك حدث أمر غريب.

قررت الفتاة التي أغرمت بالشاب أن تعيش معه على قمة ذلك الجبل بعد أن عرفت بأنه ليس متسلق جبال بل هو يعيش على قمة ذلك الجبل في كوخ صغير وهذا ما أخبرها به.

وقد قال لها:

أنا لا أريدك أن تتسرعي باتخاذ قرار كهذا

الجايمانوس:

ولكن..

حمدانوس:

لا تقولي ولكن .. دعيني أكمل كلامي

إنه ليس من الجيد أن تتسرعي فأنا لا أريد النزول إلى سفح الجبل، بل أنا قد عشت هنا لمدة طويلة ولا يمكنني العيش في أي مكان غير هذا.

الجايمانوس:

حبيبي لقد اتخذت قراري وأنا لن ارجع فيه

حمدانوس:

أنا فقط أريدك أن تفكري

الجايمانوس:

لقد فكرت واتخذت قراري لأن قلي هو من يملي علي ما يجب أن أفعله ولا حاجة لمزيد من التفكير

حمدانوس:

حبيبتي الحياة هنا صعبة

الجايمانوس:

لا شيء صعب طالما أنني معك

حمدانوس:

ولكن..

الجايمانوس:

لا تقل لكن رجاء

ضمني إلى قلبك ودعني أعيش بقربك

حمدانوس:

لدي ما أقوله لك

وضعت الجايمانوس رأسها على صدر **حمدانوس**
وقالت:

لا تقل شيئا لا أريد أن أسمع أي شيء

سر خطير

يبدو أن الشاب كان لديه أمر يريد أن يخبر الفتاة به،
ولكن لم تسنح له الفرصة لفعل ذلك.

وبعد مرور يومين حدث أمر غريب وخطير مع الشاب
وفجأة بعد أن صحا من نومه فاجأته حالة غريبة.

لقد بدأ الشاب يحترق، نعم يحترق وتشتعل فيه النار
ولكن بلا سبب، فهو لم يكن بالقرب من أي مصدر
حراري.

خافت الفتاة كثيرا وذعرت ولم تجد ما يمكنها فعله، ولكن الشاب الذي لم يكن خائفا من كل تلك النار هداها وقال لها:

حبيبتي لا تخافي

الجايمانوس:

ولكن.. ولكن ماذا تقول كيف لا أخاف

حمدانوس:

لا تهلعي رجاء

الجايمانوس:

لماذا تطلب مني الهدوء ما الذي يحدث معك حبيبي

وراحت الدموع تنهمر من عينيها وهي تقول:

كيف أطفئ النار؟ لا يوجد ماء هنا

حمدانوس:

لا.. لا تحاولي إطفاء النار، ولا ترمي علي الماء رجاء

الجايمانوس:

كيف تطلب مني هذا؟

يا الهي ذراعك تتحول إلى رماد

يا إلهي

حمدانوس:

حبيبتي هذا ليس أمرا خطير وهو لا يؤلمني، لو هدأتي
وسمعتني سوف أتمكن من إخبارك بالأمر

كل الأمر

الجايمانوس: (وهي تخنق صوت بكائها وتحاول الهدوء)

حسنا **حبيبي** ما الأمر؟

حمدانوس:

حسنا اسمعي أنا لست بشرا، أنا لست كباقي البشر

الجايمانوس:

ماذا تقصد بأنك لست بشرا؟

حمدانوس:

أنا لست ككل الناس، أنا في الحقيقة يا حبيبتي فينيكس وقد حاولت إخبارك بالأمر سابقا

الجايمانوس:

ولكن ما الذي يحدث لك؟ أنت تحترق وتتحول تدريجيا إلى رماد

أرجوك لا تتركني

حمدانوس:

لن أتركك

الجايمانوس:

عدني بذلك

حمدانوس:

أعدك حبيبتي وسوف احبك دائما، ولكن أنا الآن في مرحلة عبور

الجايمانوس:

مرحلة عبور!.. ماذا يعني ذلك؟

حمدانوس:

ما يحدث معي هو أنني في مرحلة العبور، وهذا يعني
أنني اعبر إلى جنة الفينيكس

الجايمانوس:

وماذا يحدث بعد ذلك، سوف تتركني، أنت تتركني
هكذا

حمدانوس:

الأمر ليس بيدي، ولكن أنت يمكنك إنقاذي

الجايمانوس:

أنا استطيع أن أنقذك، وكيف ذلك؟

أخبرني رجاء

أنا لا أريدك أن تغادر

حمدانوس:

الحل الوحيد يا حبيبتي هو بين يديك

أنت فعلا يمكنك إنقاذي

الجايمانوس:

كيف أرجوك اخبرني

حمدانوس:

يجب أن تقنعي جنة الفينيكس بحبنا، بحبنا أنا وأنت،
يجب أن يقتنعوا بحبك لي لكي يطلقوا سراحي من
هناك وأعود إليك.

الجايمانوس:

أقنعيهم بحبنا؟

حمدانوس:

أجل يجب أن تفعلي ذلك لكي يسمحوا لي بالعودة إلى الجسد البشري ويسمحوا لي بمغادرة جنة الفينيكس.

استيقظت الفتاة التي يبدوا أنها كانت تشاهد حلما ولم يكن كل ما رأته حقيقة بل كانت نائمة وتشاهد حلما.

لقد كان حلما غريبا جدا ولكنه يشبه الحقيقة إلى درجة كبيرة.

يبدو أن الحلم كان اقرب إلى الحقيقة فقد كانت تبكي طوال الليل ودموعها على المخدة، لقد كانت دموعها لوداع حبيبها.

لقد صدقت الفتاة ذلك الحلم الذي كان في نظرها حقيقة وحقيقة اقرب إلى الواقع من أي حلم وليست مجرد حلم.

أرادت الفتاة أن تبحث عن حبيبها، وأرادت أن تنقذه فعلا ولكن قبل ذلك كان عليها أن تجد الطريق لفعل ذلك أو حتى المكان الذي كان فيه مع حبيبها.

بحثت الفتاة عن الجبل لتتفاجأ بأن ذلك الجبل موجود بالفعل، وان حبيبها أيضا موجود ولم يكن مجرد حلم فريب.

بحثت عن أي معلومات، بحثت مثل المجنونة، ولكنها عثرت على شيء

لقد اكتشفت بان الجبل فعلا موجود ولم يكن من صنع عالم الأحلام فقط، لقد كان اسم الجبل الذي تسلقته والتقت بحبيبها عليه والذي أرادت أن تعيش

على قمته حقيقيا، ولم تكن هي تحب التسلق في الحقيقة.

لم تكن الفتاة تحب التسلق ولا المغامرات الخطيرة كما أنها في الحقيقة كانت تخاف المرتفعات.

الحلم العزيز

قررت الفتاة التي لم تجد تفسيرا للحلم أن تتوجه إلى الجامعة حيث كان لديها أستاذ هناك يفقه مثل هذه الأمور وهو أستاذ صيني كان يدرسها وهي تقف فيه وفي كلامه.

وبينما هي في طريقها إلى الجامعة، فقد كانت تريد أن تسأله عن تلك العلامة التي كانت موجودة على كتف حبيبها، لقد كان حبيبها يحمل نقش تنين على كتفه واعتقدت الفتاة بأن الأستاذ الذي كان يؤمن بالأساطير

قد يساعدها على تفسير الأمر وتفسير حلمها، رأت في طريقها إلى الجامعة وبالضبط في الشارع الصيني الذي لم يكن في طريقها ولكن سائق سيارة الأجرة كان قد أخذ طريقا آخر اعتبره الأكثر اختصارا إلى الجامعة.

رأت الفتاة في ذلك الشارع وبشكل سريع وخاطف رأت كأنها لافتة أو شيء مماثل ويحمل تلك العلام التي تبحث عنها ولكن لم تتمكن من التأكد من ذلك لأن سائق سيارة الأجرة كان مسرعا بعض الشيء.

لكن للأسف عندما وصلت إلى الجامعة لم تجد الأستاذ في الجامعة.

وقد أخبروها بأن الأستاذ قد سافر إلى الصين في إجازة خاصة، ولن يعود إلى بعد شهر كامل.

لم تكن الفتاة لتنتظر كل تلك المدة لأنها قد كانت بالفعل تبحث عن تفسير لما يحدث معها.

لقد كانت متلهفة لمعرفة الحقيقة الكامنة وراء ما كان يحدث معها، لأنها شعرت بان الموضوع حقيقي ولم يكن مجرد حلم أبدا، بل كان هناك سر وراء ما رأت ووراء ما هي تشعر به.

شعرت الفتاة بالإحباط الكبير ورجعت أدراجها وهي خائبة الظن والرجا

لقد شعرت بالإحباط كثيرا لأن كل أملها كان متعلقا بذلك الأستاذ التي تعلم جيدا بأنه كان ليمد لها يد العون، لقد كان متمكنا ولديه الكثير من المعلومات عن مثل تلك الأمور غير الطبيعية على عكس كل الناس الذين تعرفهم والذين كانوا ليسخروا من كلامها الذي لا يبدو منطقا جدا ولا له علاقة بالواقع

خلال عودتها إلى البيت وهي مشغولة البال بالتفكير الكثير في ذلك الموضوع الذي كان يشغلها خطرت ببالها فكرة

لقد كانت الفكرة وليدة اليأس تقريبا

فكرت في أن تتوقف في الشارع الصيني الذي مرت به خلال ذهابها إلى الجامعة، من أجل أن تبحث عن أي شيء قد يكون ذا فائدة.

صدف القدر

لم تستطع الفتاة أن تتعرف على ذلك المحل الذي كانت قد مرت به سيارة الأجرة سابقا ولم يكن من السهل البحث في تلك الشوارع والأزقة.

وبعد ساعة وهي تتجول بين شارع وشارع وتدخل إلى زقاق وتخرج من زقاق وهي ترى وكأن كل الشوارع تبدو متشابهة ولها لافتات كبيرة باللغة الصينية حتى وجدت ما هي حقا تبحث عنه.

فرحت الفتاة كثيرا لأنها وجدت المحل فدخلت وهي كلها أمل في أن تجد ما تبحث عنه.

في داخل المحل المليء بالأثاث والأنتيك وجدت الفتاة شيخا صينيا هناك

كان الشيخ يرتدي نظارات ويقوم بإصلاح قطعة ما وقد كان ذلك المحل في غرفة وراء مطعم أو محل لبيع المأكولات الجاهزة ربما.

وهكذا ألقت الفتاة التحية وسألت الرجل أن كان بإمكانه أن يفهم لغتها وقالت:

مرحبا أيها السيد هل تتكلم الانجليزية؟

الشيخ الصيني:

ماذا تريدين؟

الجايمانوس:

أنت تفهم كلامي إذن، أنا أريد أن اطرح عليك سؤالا عن شيء يهمني

الشيخ الصيني:

ما الذي تريدينه؟

الجايمانوس:

هل ترى تلك العالمة التي على اللافتة خارج المحل....

الشيخ الصيني:

أي علامة؟

الجايمانوس:

علامة التنين ...

الشيخ الصيني:

وماذا بشأنها؟

الجايمانوس:

هل يمكنك أن تخبرني ماذا تعني؟

الشيخ الصيني:

إنها تنتمي إلى أسطورة قديمة وليس الجميع يؤمن بالأساطير أليس كذلك؟

الجايمانوس:

اجل اعلم ذلك ولكن أنا أؤمن

الشيخ الصيني:

ولما تؤمنين بالأساطير؟

الجايمانوس:

لأنني ... أنا أريد أن أعرف أمرا وقد يكون ذا علاقة بالأساطير

الشيخ الصيني:

وكيف ربطت بما تريدين معرفته بالأساطير؟

الجايمانوس:

إن ما أريد معرفته له علاقة بتلك العلامة، وتلك العلامة لها علاقة بالأساطير، أليس كذلك؟

الشيخ الصيني:

طبعا كلامك صحيح

الجايمانوس:

أخبرني إذن بما أريد معرفته رجاء..

الشيخ الصيني:

قبل أن تخبريني بما تريدين معرفته عن تلك العلامة أريد أن اعرف سر إصرارك على جمع معلومات

عنها لأنه ليس من الطبيعي أن يسأل شخص عادي عن مثل تلك الأمور.

الجايمانوس:

ماذا تقصد؟

الشيخ الصيني:

إن كنت تسألين لمجرد الترفيه أو جمع المعلومات فانا اعتذر لأنه لا وقت لي أضيعه معك، وان كان هناك سبب قوي فأريد أن اسمعه.

فكرت الجايمانوس قليلا في سبب مقنع لأنها لم تكن لتجعل الرجل يرى تلك العلامة على ظهرها، خوفا من أي شيء قد يحدث، ثم قررت أن تكلمه عن تلك الرؤية فقالت:

وإن أخبر بأنني قد رأيت حلما وفيه تلك العلامة لذا أنا مهتمة بالأمر

الشيخ الصيني:

حلم؟

الجايمانوس:

أرجوك لا تقل أن الأحلام هي مجرد أمور لا يجب أن نهتم بها

الشيخ الصيني:

لا أنا لم أقل ذلك؟

الجايمانوس:

ماذا إذن؟

الشيخ الصيني:

هيا اخبريني بالحلم الذي راودك

أخبرته الجايمانوس بكل تفاصيل الحلم وقالت:

ولكنني يا سيدي أشعر بأنه لم يكن مجرد حلم بل أكثر من ذلك، أعتقد بأنه ربما يكون حقيقة، فقد استيقظت من النوم وأنا أشعر بأن الأمر حقيقي.. صدقني..

الشيخ الصيني:

أنا أصدقك

الجايمانوس:

أنت تصدقني

أحقا لم أكن اعتقد بأن هناك من سيصدقني

الشيخ الصيني:

هل قصصت حلمك على أي شخص آخر؟

الجايمانوس:

لا

الشيخ الصيني:

ولا يجب أن تفعلي ذلك

الجايمانوس:

حسنا يا سيدي

الشيخ الصيني:

ومتى رأيت ذلك الحلم؟

الجايمانوس:

ليلة البارحة

الشيخ الصيني:

هل تعلمين ماذا تمثل ليلة البارحة؟

الجايمانوس:

ليلة الثلاثاء؟

الشيخ الصيني:

لست أقصد ذلك

الجايمانوس:

ماذا تقصد إذن؟

الشيخ الصيني:

ليلة البارحة هي الليلة الأولى من السنة الصينية الجديدة

الجايمانوس:

آه.. لم أكن اعلم ذلك

الشيخ الصيني:

لقد شككت في أنك لا تعرفين ذلك

الجايمانوس:

هل تقصد بأن هذا يعني شيئا ما؟

الشيخ الصيني:

نعم.. طبعا إنه يعني الكثير

لقد رأيت ذلك الحلم المهم في أول ليلة من سنة التنين،
السنة الصينية اسمها سنة التنين، وحلمك يحمل الكثير
من المعاني

الجايمانوس:

وما هي تلك المعاني؟

أنا يا سيدي أريد أن أعرف حقيقة الحلم، أريد أن
أعرف من ذلك الشاب؟

أنا أريد أن أجد ذلك الشاب انه بحاجة لمساعدتي

الشيخ الصيني:

الشاب ليس بحاجة أي أحد إلا أنت، لأن ما رأيته يعني
أنك أنت هي المقصودة

الجايمانوس:

هل تظن ذلك؟

الشيخ الصيني:

لو لم تكوني أنت هي المقصودة لما رأيت الحلم ولما
شعرت بأنه حقيقة

الجايمانوس:

إذن أنا مستعدة لتقديم المساعدة

الشيخ الصيني:

نعم انه حقا بحاجتك

الجايمانوس:

إذن أنت تصدقني يا سيدي؟

الشيخ الصيني:

طبعا أصدقك أنت لا تعلمين بأن هذه الأحلام ليست أضغاث أحلام، إنها رؤية حقيقية.

الجايمانوس:

رؤية حقيقية؟

الشيخ الصيني:

أجل كلما رأيته هو حقيقية وليس حلما، هناك شاب وهو يحبك كثيرا وقد كنتما معا في حياة أخرى وهو بانتظارك لكي تنقذيه وتحرريه من جنة الفينيكس

الجايمانوس:

كما في الحلم

الشيخ الصيني:

أجل يجب أن تحرريه

الجايمانوس:

وكيف افعل ذلك؟

الشيخ الصيني:

اتبعي ما يقوله لك قلبك، يجب أن تحرري الشاب
بصادق المشاعر

المشاعر الصادقة هي التي سوف تحرره من جنة
الفينيكس

الجايمانوس:

ماذا يجب أن أفعل بالضبط؟

الشيخ الصيني:

اذهبي إلى ذلك الجبل واكتبي له عن الحب الذي تشعرين به

ولكن فقط إن كنت تشعرين بالحب؟

الجايمانوس:

نعم

أنا ...

الشيخ الصيني:

لا بأس لا تقولي أي شيء الآن لأنك سوف ترين حبيبك في الحلم وسوف تكتشفين حبك له في تلك الحالة عبري له وكلميه بالكلمات وسوف يتحرر في يوم من الأيام.

الجايمانوس:

متى اذهب؟

الشيخ الصيني:

يجب أن تنطلقي في الحال وان تسافري في أقرب فرصة لأن لجنة الفينيكس أبوابا تفتح في توقيت معين من السنة وإن أغلقت سوف تضيع منك الفرصة.

الجايمانوس:

حسنا سوف افعل ذلك

أعطى الشيخ الصيني للجايمانوس الكثير من النصائح قبل أن تغادر المحل وأعطاها قلادة أخبرها بأنها سوف تحميها وأيضا سوف توجها إلى المكان الصحيح.

وأعطاها حجرا قال لها بأنه سوف يجعلها تعرف أخبار حبيبها أولا بأول وسوف تأتيها بالأخبار عنه وهو في جنة الفينيكس.

نصائح ذهبية

لقد أعطاها الشيخ الصيني الكثير من الأشياء لكي تساعدها ومنها شمعة حمراء وقال لها اكتبي مشاعرك في رسائل على ضوء الشمعة الحمراء وسوف تصل إلى حبيبك.

لقد أخبرها بأنه يجب عليها أن تبدأ في كتابة الرسائل وان تكتب كلما يخطر ببالها خلال رحلتها إلى الجب والتي كانت ستستغرق الوقت الطويل فهي ليست رحلة يوم أو يومين.

شجعها الشيخ الصيني في خروجها إلى رحلة البحث عن حبيبها الذي كان بالفعل يناديها وينتظرها لكي يجتمعا من جديد.

لكي يجتمعا ويحققا وعدهما بالحب لأنهما قد تواعدا على البقاء معا إلى الأبد.

كان الفتاة في البداية تبحث عن تفسير للحلم الذي بدا كأنه حقيقة ولكنها الآن أصبحت تشعر بأن الأمر اقرب إلى الحقيقة.

لقد أصبحت تشعر بان حبيبها يناديها وبأنها تشعر بالحب تجاهه حقا، كما أنها أصبحت متأكدة بأنه موجود وأنه في مكان ما على ذلك الجبل.

وكان عليها أن تتذكر حبيبها بكل حب لكي تخرجه من السجن الذي هو فيه.

وقد اخبرها الشيخ الصيني بأنها في الحقيقة تحب ذلك الشاب ولكنها فقط قد نسيت الماضي والذي عاشته في حياة أخرى في عالم آخر ويجب عليها أن تتذكر.

مطاردة الأحلام والسفر إلى حيث الحب

حزمت الفتاة حقيبتها وانطلقت في رحلتها إلى الصين للبحث عن ذلك الجبل حيث حبها.

لقد كان يجب عليها أن تجد جبل الفينيكس حيث أن هناك على ذلك الجبل بالذات بوابة لجنة الفينيكس ولكنها بوابة غير مرئية ولا يمكن لأي أحد أن يراها بالعين المجردة.

ومن أول بدايات الرحلة أصبحت الجايمانوس تكتب الرسائل إلى حبيبها على ضوء الشمعة الحمراء فكتبت

الرسالة الأولى في الليلة التي تسبق السفر وكتبت ما يلي:

الرسالة الأولى:

إلهي أنت تعلم بحالي وقلبي وعذاب روحي .. .. من بعد المسافة ..

النفس غير مضبوط والحال في صعوبة الشوق وقوة العشق ..

ولكن لماذا لا تسلك الطرق المباشرة ..

قلبي يعاني

وأنا أعاني

و

..

وا شوقاه يا حب

الجايمانوس

لقد كانت تكتب ولا تعلم ما هي تكتب وكأنها الروح القديمة هي التي تكتب وكان من تكتب هي فتاة أخرى تشعر بأمور كثيرة لم يكن من المنطقي أن تشعر بها الفتاة في وقت قصير كهذا وتجاه شخص هي لا تعرفه في الحقيقة.

وكتبت رسالة أخرى مع الفجر

الرسالة الثانية

حمدانوس.. ..

حمدانوس أنا أعرف أن أوضاع البشر قد تكون
معقدة بعض الشيء بأسباب وقوانين وضعوها
بأيديهم ..

حمدانوس هذا الحب في قلبي هو حب غريب
ونوع لم يعد موجود ..

يظن البعض أنه مازال موجودا، إنه نوع يملأ
العيون ..

أنت تملأ يا حمدانوس للجايمانوس العيون
والحب يُدْمِعُهَا فرحا وحزن

إنها عيون دامعة ومليئة بك ..

إنه حب يشبه جنّة العَدَنْ.. يعرف الناس أن
جنة العدن موجودة ولكن لا ..

لا تدركها إلا الأرواح ..

كذلك هي روحي أدركتك وأدركت حبك كفرس
جموح تأبى أن تخضع لقوانين البشر تراك
عاليا ولا توطئ رأسها لأحد ..

.. إنها فرسك ولا يملأ قلبها وعيونها غيرك

الجايمانوس

وشعرت بالحاجة لكتابة أخرى قبل أن تخرج من بيتها
متجهة إلى المطار

الرسالة الثالثة

قلبي تعلق بلك رغم قسوة الزمان ... .

وحيد وصغير ومعلق في حبال الهوى ..

هل هو هكذا سعيد أم حزين ؟

قد يكون هذا القلب يشعر بالسعادة والحزن معا

..

سعادة العشق وحزن لعذاب الشوق ..

ألا تروي ضمأ هذا القلب يا مالكه ؟..

ألا تعلم بأن قلبي لك ؟..

حمدانوس ..

ارأف بهذا القلب أو اضغط عليه بقوة بين كفيك لينتهي ..

الجايمانوس

وكانت في كل مرة وبعد ان تكمل كتابة الرسالة على ضوء تلك الشمعة تحرقها على نار شمعهتا ثم تجمع كفيها وتحمل الرماد بينهما وتغمض عينيها ثم تنفث الرماد في الهواء باتجاه النافذة المفتوحة باتجاه السماء والأفق البعيد وما أمكنها رؤيته أمامها وهي كلها يقين بأن رسائلها تصل إلى حيث يجب أن تصل.

لقد كانت بذلك ترسل رسائلها إلى حبيبها المسجون في جنة الفينيكس.

خلال الرحلة وبينما كانت الفتاة نائمة في الطائرة راودها حلم غريب، لقد رأت نفسها تكتب الرسائل وهي جالسة في الطائرة ولكن لم يكن هناك ركاب إلا هي والغريب في الأمر أنها قد كانت تكتب على ضوء الشمعة ولم يمنعها أي أحد من إشعال شمعة في الطائرة.

الرسالة الرابعة

ولكن .. ولكن يا حمدانوس حبيبي أنا لم أكن أعلم ... ..

لم أكن أعلم أن الحب فراش من جمر .. ..

وبركان ينثر حممه المشتعلة في كل الأرجاء ..

.. نعم إنها تتساقط كأنها أمطار من جمر تحرق

..

هل هو العذاب من اسْتَلَذَّنِي أم أنا من أصبحت أجد
طعم العذاب منك لذيذا ؟ ..

عذابك لذيذ لأنك تسقيني إياه في آنية من الجنة في
كفيك ومن شفتيك ..

الجايمانوس

والأغرب من ذلك أنها عندما أكملت كتابة الرسالة الرابعة أحرقتها على نار الشمعة وفتحت النافذة بينما الطائرة تحلق في السماء ونفثت الرماد في الهواء باتجاه الشمس التي كانت تغيب.

وقد كررت ذلك الأمر لأكثر من مرة وكتب رسائل أخرى

رسالة بعد الغروب

حمدانوس إنه حب مليء بالعذاب والألم ....
والبعد والوحدة والمعاناة ..

وأحيانا يظن هذا الحب أنه من طرف واحد،
ولكن لا

يزعجه الأمر

حبي راض بك وبكل الظروف ... ..

يكفيني أنني..

أنا أعيش على حبك ..

أتنفسه هواء وأراك في كل البشر ولا يهمني
قسوتهم..

لا يهمني أحد من البشر ..

حبي هذا هو حب كبير وكل يوم يزيد قوة ..

وعصيانا لكل البشر غيرك..

..ولا يخضع إلا لك

الجايمانوس

ورسالة وقت الشروق

حمدانوس الغالي

الحب، المشاعر والإحساس كله

وجودي وكل كياني

روحي وروحي

وقلبي

ونبض قليبي

وما رأيت من سعادة وما لم أره

النفس والهواء

والعشق والهوى

والغرام والوجد

العذاب والألم والدموع

الغضب والزعل والذهاب والرجوع

والقلب موجوع.. مجروح موجوع

الجايمانوس

وكل تلك الرسائل وهي في الطائرة وبل وبينما هي نائمة إلا أن الأمر كان يبدو حقيقيا، كما أنها لم تكن خائفة مما تفعله فهي تضيء شمعة وتحرق أوراقا على متن الطائرة وتفتح النافذة أيضا ولكنه لم يكن هناك احد لكي يزعجها أو يمنعها من فعل ذلك.

عندما استيقظت على صوت المضيفة التي كانت تخبرها بان الرحلة قد انتهت وأنهم قد وصلوا عرفت بان ذلك لم يكن إلا حلما

ولكنها عندما راحت تفك حزام المقعد لاحظت بان يداها متسختان برماد الرسائل وهي متأكدة بأنها قد كانتا نظيفتين قبل أن تخلد إلى النوم.

لقد عرفت بان ذلك الحلم كان حقيقي وليس حلما وهذا ما زادها إصرارا على تحقيق حلمها وان تجد حبيبها وتجعله يتحرر لك يجتمعا من جديد.

سألت الفتاة عن المدينة التي بها الجبل وتوجهت إلى هناك حال وصولها إلى وسط المدينة حيث محطة القطار.

استقرت بأحد الفنادق لأن الوقت كان متأخرا جدا وقررت أن تقضي ليلتها هناك ثم بعد ليلة مريحة سوف تنطلق في الصباح الباكر في رحلتها إلى الجبل.

في تلك الليلة كتبت رسالة أخرى

حمدانوس ..

حمدانوس أتمنى أن ....

كم أتمنى لو أنام من دون أن أصحي ..

عذاب الروح صعب ..

وألم القلب صعب .،

ومعاناة الجسد وجع صعب ..

الجايمانوس

نامت لساعتين ثم قامت وكتبت رسالة أخرى

الرسالة الثامنة

حمدانوس يا أيها الغرام

حمدانوس لو تعلم كيف مرت الأيام الماضية وكأن ..
كل ساعة في ثقل السنة ..

حمدانوس العذاب دائما ثقيل وساعاته طويلة وأيامه
تبدو وكأنه لن تضيء بنور الأمل ولا ضوء الفرح ..

حمدانوس العزيز ..

لو تعلم كيف مر الوقت عليا ..

حاولت الهرب إلى نوم يشبه السبات ولم أفلح ..

فالأفكار تتصل بالواقع ..

حاولت أن أسرح في أمور مهمة فلم يكن هناك أهم من
نبض القلب يا قلبي ونبضه ..

حمدانوس هل تذكر رسالة صباح هذا اليوم ..

هل تفاجأت منها كانت قصيرة ومختصرة؟ ..

لقد كنت متعبة واشعر بالنعاس ولا أرى الحروف فلم
أستطع الكتابة ..

من الجيد أن لم يكن فيها أخطاء إملائية ..

هل ابتسمت حين رأيتها ؟

هل أنت تبتسم الآن وأنت تقرأ ما أكتبه لك الآن ؟

أنا أيضا استغربت

.. حين رأيتها صباحا وابتسمت

استغربت من مدى اختصارها وعدم توفرها على كلمات دافئة تليق بصباحك وبعيونك الناعسة ولكن يمكنني أن أعتذر عنها بقبلة في هذه القيلولة أم أنك لا تحب القيلولة ؟

لك مني قبلة عشق وشوق ..

..قبلة كانت تنتظر سفرها إليك بلهفة وحب

أحبك ..

الجايمانوس

الرسالة التاسعة

حمدانوس العزيز والغالي قسما برب السموات أنني

متعبة ومريضة ومجهدة وحائرة ..

حمدانوس أنت تعلم أنني أحبك ..

حمدانوس حبيبي أحبك كثيرا عاشقة

ولهانة ومشتاقة من أول يوم خلق فيه البشر إلى يوم

القيامة

حمدانوس حبيبي وروحي وقلبي .. ..

قلبي الذي تملكته بالكامل يتكلم مكانك ويدافع ويجيب
عن الأسئلة ..

..لم يعد قلبي إنه قلبك في صدري وعزة جلال الله

حمدانوس أنت تعرف وأنا أريد أن أقول لك من جديد
أحبك بعدد النجوم في السماء وعدد قطرات الأمطار
التي تساقطت في المحيطات والبحار ..

أحبك بعدد الكواكب والعوالم والأسرار ..

حمدانوس .. ..

والذي نفخ الروح في هذا الجسد أن روحي من روحك
..

والذي بث النبض في القلب أن قلبي ملكك ..

والذي زين الرجال باللحى أنني أحبك أيها الوسيم
باللحية السوداء..

حمدانوس خلصني من تعبي ..

حمدانوس يا حبيب هذا القلب ..

حمدانوس حبيبي خلص روحي وقلبي وجسدي من العذاب بحضن أبدي ..

استقبلني بين ذراعيك وضمني إلى قلبك ..

حبيبتك متعبة حمدانوس يا حضن الجنة ..

أحبك وأريد أن أموت بين ذراعيك وفي حضنك الخالص الطهر والوفا ..

خلصني من دموعي الساخنة فقد جرحت الخد وكحمم بركانية تدحرجت على الصدر وغاصت عميقا إلى القلب .. .. ..

الجايمانوس

الرسالة العاشرة

حمدانوس حبيبي ..

عشقي وغرامي ..

عذابي وتعذيبي ..

حمدانوس الهوى والهواء ..

حمدانوس الجوى ونار في الدماء ..

صباح الحب يا حب ..

صباح الحب يا حمدانوس حبيبي ..

أحبك وأنا صاحية وأنا مغمضة العيون ..

أحبك وأنا غافية وفي حلم وجنون ..

أحبك بعذاب وشوق مهاجر بحركة وسكون ..

أحبك وناري تحرقني وأفكار وظنون ..

أحبك وعشقي يقتلني ونار الشوق تحرق الجلد وتمتد للعيون ..

تدميني وتدمعها فهل الناس عن الشوق كانوا يعلمون ؟

أحبك ولنار شوقك أساليب تعذيب وفنون ..

حمدانوس أحبك رغم الشوق وناره ولهيبه الظاهر والمكنون ..

فحبك يسري في عروقي ويغلي في شراييني ..

حبك يسكن مسام جلدي جسدي وكل تفاصيلي ..

حبك في روحي وقلبي وتكويني ..

أحبك حمدانوس وليت الزمان ينصرني ولا يضنيني ..

حمدانوس أحبك بدموع وبكاء لا يطفئ نار حنيني ..

أحبك وكلامي لا يروي ظمئي فليتك تسقيني ..

فأين قبلتي الصباحية التي عن الطعام تغنيني ؟

قبلتي على الريق دوائي ومسكني ومسكنات قد تشفيني
وتحييني ..

حمدانوس أحبك ولك مني قبلات ناعسات وقبلات
شقيات وقبلات مسافرات على جناح الريح وقبلة على
عسل الشفاه يا عسل الشفاه ويا حبيبي ..

حمدانوس أنا جدا نعسانة لا أكاد أرى الحروف يا
حبيبي ليتك جنبي فأختصر الكتابة بقبلة أو همسة

أو حضن أنام فيه فلا توقظني ودعني أنام فيه بكل شوقي وحنيني ..

حمدانوس أحبك بكل جوارحي وأحاسيسي ..

أحبك ..

الجايمانوس

وقبل أن تنطلق كتبت رسالة

الرسالة التاسعة الحادية عشر

حمدانوس حبيبي .. حمدانوس يا حب حياتي وعمري
حمدانوس هل .. .. حمدانوس يا حبي وقصة حبي
تدري ؟ كنت اليوم أفكر .. حمدانوس قصتنا .. قصة
الحب هذه لقد كتبت على ثلاثة فصول ..

أول فصل:

كتبه القدر ..

أنا أحببتك وعشت مع حبك لمدة طويلة ..

أعانيه لوحدي وأكتشف ما يحسه قلبي تجاهك ..

والفصل الثاني أنا كتبته :

عندما قررت مصارحتك بالحب وقد تطلب مني الأمر
مدة كبيرة وشجاعة عظيمة وجهدا وتعبا والكثير من
التفاصيل والكثير من المصاعب والعراقيل التي كانت
تريدني أن أتراجع ولكن حبيبتك كانت تناضل من
أجلك ..

لا أعلم قد يكون في كتابي كتب لي بعض الشجاعة من
أجلك ..

أما الفصل الثالث :

هذا الفصل أظنه أصعب الفصول وأكثرها تخويفا لي
إنه قدر مجهول ..

هذا الفصل قد يكون أصعب من الفصلين اللذان سبقاه

..

رغم أنني تعذبت في الفصل الأول لوحدي وتعبت وعانيت في الفصل الثاني فكنت أرى وكأن كل الظروف والناس يحاولون منعي من الوصول إليك ..

أما الفصل الثالث فهو يجب أن يكون من توقيعك وكتابتك سواء كان طويل أو من كلمة واحدة ..

هذا الفصل يقلقني ويخيفني وقد استغرق هو الآخر زمنا وعمرا ثقيل الساعات والدقائق حزين اللحظات والثواني ..

حمدانوس الفترة الأخيرة التي مرت قد كانت صعبة جدا ولازالت ..

مليئة بالآلام والمعاناة وعذاب الروح والجسد ..

أصبح الحب أكثر قوة فيها ولكنها لازالت مجهولة الخطوط والنقاط ..

وهي تخيفني وخاصة بعد المصاعب التي مرت وما
كان يحدث لي من حيرة وزعل ولا أعرف كيف
أجدني أمامك من جديد ..

ألم أخبرك سابقا بأن قلبي يتحكم بي ويسيطر عليا ..

وأيضا

يتعبني وهو أيضا أحيانا مرهق

لا أعلم ما يجب أن أقول أو ..

ما كنت أحاول قوله

حمدانوس أنا ....
أحبك . والأمر ليس بيدي ولم يكن يوما بيدي ..

حبك أقوى مني ..

أقوى بكثير ... ..

الجايمانوس

لقد كانت متشوقة جدا لكي تصعد إلى ذلك الجبل الذي شعرت بأنها حقا تشعر بالحب تجاه ذلك الشخص الذي اكتشفت بأنه موجود منذ فترة قصيرة

لقد كان جبلا مهيبا ولم يكن من المستحيل تسلقه بل كان هناك الكثير من الناس يتسلقونه وفي هذا الوقت من السنة بالتحديد لأنهم يعتبرون صعود الجبل في بداية السنة الصينية هو أمر جيد وله علاقة بجبل فنغهوانغ.

عندما وصلت إلى سفح الجبل وقبل أن تصعد الجبل وجدت عجوزا مثلما اخبرها الشيخ الصيني الذي كان قد حدثها عن تلك العجوز، وفي نفس المكان الذي اخبرها عنه.

طلبت الفتاة المساعدة من تلك العجوز وقالت لها:

مرحبا سيدتي

لقد كلمتها باللغة الصينية لأن الشيخ العجوز قد كتب لها كما عيها قوله وهي جمل بسيطة كان عليها ان تحفظها او ربما قد تستعمل الورقة التي كتب لها عليها ما ستطلبه من المرأة العجوز

العجوز:

أهلا يا ابنتي

الجايمانوس:

أرجو المساعدة

العجوز:

ماذا تريدين من عجوز ضريرة؟

الجايمانوس:

ما يمكنك أن تقدميه لي أنت لا يمكن لأي شخص أن يقدمه لي

العجوز:

لقد فهمت أنت تعرفين من أنا، ماذا تريدين إذن؟

الجايمانوس:

أنا أريد أن أصعد الجبل

العجوز:

ولما لا تصعدين؟

الجايمانوس:

أريد أن أصعد جبل الفينيكس وليس الجبل الذي يصعده كل الناس

العجوز:

يبدو أنك تعرفين الكثير، أنت فتاة مهمة

الجايمانوس:

شكرا لك

العجوز:

خذي هذا الخاتم واصعدي الجبل.. جبل الفينيكس أيتها الأميرة

الجايمانوس:

الأميرة؟

أنت لست من تضنين؟

سوف تعرفين في الوقت المناسب لا عليك حظا طيبا

الجايمانوس:

شكرا لك

العجوز:

رحلة طيبة

كانت الفتاة تفكر في كلام المرأة العجوز الغريب قليلا
ثم سرعان ما عادت إلى التفكير فيما هو مهم أكثر
لأنها قد صادف الكثير من الأمور الغريبة ولم يعد
هناك مجال للتعجب.

كان ذلك الخاتم هو مفتاح لكي تعبر الفتاة إلى جبل
الفينيككس وليس الجبل العادي الذي أمامها بل هو جبل
من عالم آخر عالم موازي لعالمنا ولكن لا يراه إلا
الأشخاص المميزون.

كما أن المرأة العجوز قد أخبرتها بأمر كثير الغرابة، كان الكلام بكلمات مفهومة ولكن المعنى هو غير المفهوم، لقد أخبرتها بأنه سوف يظهر لها حبيبها بعد أن يتحرر من جنة الفينيكس وفي تلك الحالة سوف يكون في مرحلة انتقالية فأما أن يحبس في جنة الفينيكس إلى الأبد وإما أن يتحرر ويبقى في عالم البشر.

ولكن العبور أو الانتقال أو البقاء سوف يتوقف على مدى استجابة الفتاة مع الوضع

فقالت لها بأنها عندما ترى حبيبها وذلك لن يستمر إلا لبضع دقائق في تلك اللحظة عليها أن تؤمن بأنها هي أيضا فينيكس لكي يتم اندماجهما وإلا فإنها سوف تفقد حبيبها إلى الأبد وسوف تفقد هذه الفرصة الوحيدة التي أتيحت لها بعد مرور سنوات عديدة من الفراق.

عندما يظهر لها حبيبها وهي لا تعرف أن كان قد
يظهر لها بعد يوم أو يومين أو أكثر إذ عليها أن تكون
صبورة وعندما يظهر ولكي تستطيع أن تحولها إلى
شكله البشري عليها الإيمان بأنهما من نفس الجنس أي
أنها هي أيضا فينيكس وأيضا أن تواصل الكتابة
فالرسائل هي الدليل على حبهما وهي الرابط بينهما
وهي ما ستحرر حبيبها.

وان كان الصدق واضحا في تلك الرسائل سوف
يتحرر الاثنان صورة الفينيكس ويتحرر حبيبها من
جنة الفينيكس.

وبعد صعود الجبل أصبحت تكتب الكثير من الرسائل، لقد استغرق صعودها القمة ثلاثة أيام رغم أن الناس لم يكونوا يصلون إلى القمة إلا أن الفتاة كانت مصرة على الوصول إلى المنطقة التي فارقت فيها حبيبها بالذات والتي تبدو في القمة.

وعندما وصلت أصبح كل همها كتابة الرسائل والتأمل وتذكر ذلك الحلم الذي كان السبب في مجيئها إلى هنا.

رسائل الجايمانوس إلى حبيبها على قمة الجبل

رسائل الجايمانوس على قمة الجبل:

أول رسالة على الجبل

حمدانوس صباح ومساء الخير ..

حمدانوس لم أخبرك سابقا أنني في الفترة الأخيرة
أحسست بأنني أقرب إليك بكثير

..وكأننا متحدان وكأننا حقا روح واحدة

حمدانوس أنت تتركني لحيرتي وليس لي أحد إلا قلب
يكلمني عنك ..

لقد وضعت الكثير من الأسباب والأعذار لهذا الجفاء
بيننا والهجر منك وأحيانا يخبرني قلبي بأن أصبر
بدون وجود مبررات حتى ..

لقد أخبرتك أن قلبي يؤمن

..بك وبحبك

حمدانوس هل تعلم بأنني أتعذب كثيرا من سحب الحيرة والظنون أحيانا ولكني لا أعيرها أدنى اهتمام أفسح لها المجال لتنهكني مدة من الزمن ثم أزيحها عن سمائي بقوة إيماني بك وبالحب ..

ولكن حمدانوس أنت تتركني لكل الإشارات الايجابية منها وغير ذلك ..

كيف أفهم ..

أم أنك تريدني أن أعيش بحبي لك لوحدي كما فعلت سابقا ؟

هل تريدني بعيدة ..

أم أنك تريدني ؟كيف قد أفهم وكل شيء مبهم وكل الظروف تحاول إبعادي ..

ماذا أفعل ؟

حمدانوس لقد أخبرتك سابقا بأنني لست قوية إلا بك
وبحبك ..

حمدانوس هل أتابعك وأفك الألغاز أم لا أفعل

ماذا أفعل؟ ..

هل أواصل اشتياقي أم أبتعد لكي لا أزعجك؟

ماذا أفعل ؟

حمدانوس هل نحن في عالم حقيقي أم وهميْ؟

هل أنا جزء من وجودك الحقيقي ..

هل أنا موجودة في قلبك؟

هل أنا موجودة في روحك؟

حمدانوس هل أنا موجودة في حروفك؟

حمدانوس أتمنى لو أفهم ..

أتمنى لو انني جزء من كيانك تكوينك الروحي

ووجودك الفعلي ..

أريد أن أصبح منك وأنتمي آليك

ولكن ليس إن كنت أنت لا تريد ..

حمدانوس ماذا أفعل هل أتمنى اختفاء المسافة أو أغير

البلد ..

طوال حياتي لم أتمنى أن أكون غير نفسي راضية بما

خلقني الله عليه وبما رزقنيه من كل الجوانب حتى

عذابي ..

حمدانوس لا يمكنني أن أتمنى مكان غيري ..

البارحة كنت أتساءل هل يجب أن أتمنى لو كنت برج

الجدي ؟؟؟

حمدانوس أنا لست برج الجدي ولا يمكنني أن أتمنى
لو خلقت بتاريخ آخر فقد خلقت في اليوم الذي قدر لي
الوجود فيه ..

حمدانوس لا أدري ما يجب قوله أو ما سأقوله ..

أنت تزود عذابي ..

ولكن ..

أنت أغلى من أن ألومك..

ألوم نفسي والزمان..

فكل شيء مكاتيب ..

أنت تعلم أنني أتمنى لك السعادة ..

حمدانوس آسفة لنفسي وعلى حالي لأنني لست برج
الجدي ..

الجايمانوس

الرسالة الثانية على الجبل

حمدانوس .. قلبي معصور يا حمدانوس يؤلمني

ويوجعني ..

وشوق هذا القلب كبركان عروقه تغلي وأنا لا أكاد

أؤمن !! ..

أصدق من أو من ؟

أصدق ماذا أو ماذا ؟

الحيرة تكاد تقتلني وقلبي لا زال بك يؤمن ..

ويلي من عذابي ..

فلا يمكن لأمور أن تكون صحيحة أنت ترى شكوك

الحيرة التي تبدو صريحة .. وإلا قطعتها أوردتي ..

هل الواقع أصح أم كلام قلبي ؟ويلي من حيرتي؟ ..

حمدانوس ماذا تريدني أن أفهم ..

أنا لم أعد شيئا أعلم ؟ ..

الجايمانوس

الرسالة الثالثة على الجبل

حمدانوس أيها الحبيب الذي لازال هذا القلب يسميك حبيبي ..

حمدانوس يا حبيب هذا القلب المسكين الحزين ..

حمدانوس لك في قلبي شوق وحنين ..

وفي جسدي بكاء وأنين ..

وعيوني تترقب بصبر السنين ..

والقلب فيه حب بيقين ..

حمدانوس أنا في شوق وحزن وألم ومعاناة وعذاب
وحيرة وغموض ..

أحن إليك وشوقي لك بغلبني ..

أنا في شوق وبكاء وشوق ..

الجايمانوس

الرسالة الرابعة على الجبل

مجرة

حمدانوس حبيبي وكأنني تائهة في مجرة بين ملايين كواكب الأفكار والحيرة .. هائمة في فضاء واسع لا يتسع لي ..

ضيق بحيرته وبالألغاز الكثيرة المحيطة بي وبحبنا ..

حمدانوس أين أنت عني هذا المساء ؟..

لا أكاد أحس بشيء ..

هل خلدت للنوم مبكرا هذه الليلة وتركتني وحدي
لحيرتي وأحزاني وعذاب الشوق والبعد والهجر ..

حمدانوس .. حمدانوس .. حمدانوس .... ..

الجايمانوس

الرسالة الخامسة على الجبل

حمدانوس حبيبي ..

أتساءل وأتساءل ..

لماذا كل هذا العذاب ؟ ..

لماذا هذه الليالي الصعبة ؟ لما هذا الألم ؟ ..

ما الذي حدث ؟ ..

ما الذي فعلته أنا ؟ ..

ما الذي فعلناه ليحصل معنا كل هذا ؟ ..

حمدانوس هل حبنا ذنب؟ ..

هل هذا ذنب وخطيئة ؟ ..

هل نحن مخطئون ؟ ..

فلماذا هذا العقاب ؟ ..

نعم البعد عقاب ..

والهجر عقاب ..

والجفاء عقاب ..

وألم قلبي عقاب ..

وأنك لست أمام عيني هذا عقاب ..

كل منا في بلد هذا عقاب ..

كل منا في محيط هذا عقاب ..

حمدانوس يكاد الهواء هنا يخنقني يا أنفاسك طيب الجنة وهواء الحب .. ..

....

حمدانوس إن كنت قد خلدت للنوم فأتمنى لك ليلة سعيدة ..

تصبح على خير وحب ..

تصبح على حب يا حب ..

الجايمانوس

الرسالة السادسة على الجبل

حمدانوس ..

حمدانوس ..

لماذا ؟ ..

حمدانوس لماذا قلبي يؤمن بك ؟ ..

لماذا قلبي يتبعك ؟

لماذا قلبي يتبعك وأنت لا تنظر إليه ؟ ..

لماذا ؟

هل هو فعلا قلبي ؟ ..

لا .. إنه قلبك هنا عندي ..

هذا الذي عندي لم يعد بعد الآن قلبي بل هو لك ..

يعصاني ولا يطيعني ..

أصبح صعبا ..

يتعذب ويعذبني ..

وأنا ما بيدي حيلة ..

حمدانوس وأنت لا ترأف بهذا القلب ..

أراك في قلبي فأصدقه ..

أراك في روحي فأصدقها ..

أراك في أحلامي فأصدقك ..

أرى الواقع وأجد نفسي لوحدي ..

بدونك ..

لم أعد أثق بأحد إلا أنت وقلبي ..

غريبة هي حالي ..

تعبت ..

ولا أجد الراحة أبدا ..

روحي معلقة ومعذبة ..

وقلبي متعلق ومعذب ..

ليت الله يخلصني ويرسل لي الخلاص أيا كان ..

تعب الجسد حيث هو ..

وتعبت الروح وهي هائمة ..

وتعب القلب من صَدّي أنا له ومحاولة كبته ..

قلبي يرهقني ..

وأنا أرهقتني الناس والظروف ..

ليتني فتاة من هواء أو من ماء ..

أراك فلا يراني غيرك ..

مادمت أنت لا تراني ..

ليتني أختفي عن كل الناس وأتخلص من العذاب ..

الجايمانوس

الرسالة السابعة على الجبل

حمدانوس حبيبي أريد حضنا دافئا
حمدانوس حبيبي أريد حضنا دافئا كبير وعميق أغرق
فيك فأنسى كل الأحزان والعذاب ..

أنسى الألم وكل الناس ..

حمدانوس حبيبي ..

ليتنا معا ..

الجايمانوس

حمدانوس .. ..

حمدانوس لا أعرف إن كان الحب هكذا ..

حمدانوس هل الحب هو هكذا ؟ ..

هل الحب دائما صعب وغير مفهوم ؟ ..

هل الحب دائما يرافقه العذاب والألم ؟ ..

هل الحب قاس ؟

هل الحب يتسم بالقسوة والصعوبة ؟

هل الرجال في الحب يتصفون بالقسوة ؟

هل الرجال يحبون ؟ ..

لقد كنت أرى الحب يحيط بالإنسان يشعره بالدفء
ويملأ داخله يملأ القلب ويملأ الروح (كان ذلك شكل
إحساسي بك وأنا أكتب لك الرسائل) ..

ولكن اليوم كنت أسأل نفسي ..

والآن أنا أسألك أنت .. **حمدانوس** ما هو الحب ؟ ..

ما هي حقيقة الحب ؟ ..

كيف هو الحب ؟ ..

هل الحب يجوز من طرف واحد ؟

هل الحب من طرف واحد هو حب ؟

هل نحن في دائرة حب من طرف واحد ؟ ..

أليس الحب أخذ وعطاء ؟. ؟ ..

هل كل الرجال قساة ؟

هل جميعهم قساة ؟ ..

هل نحن في نفس الطريق ؟ ..

هل أنت معي ؟ ..

نعم لقد وعدت نفسي بعدم السؤال ولكنك وكأنك ...

وكأن الدنيا تلمح لشيء ما ..

فما هي الحقيقة ..

لا يمكنني أن أعيش معصبة العينين ..

قلبي يؤمن بك لكن ماذا عن الدنيا والعالم والمنطق ؟ ..

حقا لم أعد أفهم شيئا ..

تعبت من المؤشرات والإشارات ..

تعبت من الغموض ..

حمدانوس هل أنت هنا أم أنك بمكان آخر ؟ ..

لم يعد بإمكاني أن أجزم بصحة كلام قلبي ..

رغم أنني أصفه بالنقاء فهو يقول الحق أو يصمت
لطالما فعل قلبي هكذا إنه قلبي وأنا أعرفه حتى في
أبسط الأمور ينير طريقي لأنه مليء بالإيمان ..

قلبي يؤمن بالقدر وكذلك يؤمن بك وأنت تعرف ذلك ..

ولكن ما فائدة كلام القلب وأنا أرى أمامي ما أرى كل
الإشارات تدل على أشياء وأشياء ..

فماذا هناك ؟ ..

وكأن الإشارات تدفعني للواء ..

وكأنه يجب عليا العودة إلى الوراء ..

أن أعتبر نفسي ما كتبت لك يوما ..

أن أدفن قلبي في مكان مجهول وبدون شاهد عليه ولا

اسم ..

أن أفقد ذاكرتي ..

أن أنام وأصحو بدون أن أتذكر حلمي … … ..

حمدانوس ماذا تريد أنت ؟ ..

أرجو منك أن تقدم لي النصيحة ..

بماذا تنصحني ؟

ماذا تنصحني أن أفعل ؟ ..

حمدانوس أنا لم أعد أفهم حتى نفسي ..

فكيف أفهمك ؟ ..

وكيف أفهم قلبي ؟ ..

الجايمانوس

الرسالة التاسعة على الجبل

حمدانوس الحب حقا يجعل الذي يحب مريضا ..

يسقط بسهولة ..

أحيانا أشعر بالخوف ولكن الشيء الجميل هو أنك موجود ..

أنت في قلبي ..

وجودك يمد القوة رغم انهيار الجسد وفشله أحيانا وإرهاق الروح وعذاب القلب ..

الرسالة العاشرة على الجبل

حمدانوس هل تعلم كم أنا أتعب نفسيا لأنني لا ألقى أي
جواب منك أو حتى كلمة ..

هل تعلم كم أنا أعاني وأتألم لأن كل سؤال لا يطرح
نفسه إلا وكأنه يطعنني بمائة خنجر ..

أحس وكأن هذه الأسئلة تجرحني وتمزق الجلد ..

إنه عذاب أليم ..

فالأسئلة ليست مجرد أسئلة ..

ليست أسئلة على ورقة اختبار بل هي أسئلة على
أوراق روحي ..

روحي التي تحمل توقيعك وكذلك قلبي الذي بصمته
بحبك وتركتني أتخبط لوحدي ..

يأتيني يقين بحبك ..

ثم لحظات تمر وأجدني وحيدة وأنت بعيد عني فأتوه ..

أجد نفسي ..

أجدك ثم أضيع من جديد ..

ليتك يا حمدانوس تنقذني من دوامة الغموض هذه ..

ليتك تجدني حين أنا أتوه منك ومن نفسي ..

ليتك تحن على قلبي الذي يملؤه اليقين بك ..

الجايمانوس

الرسالة الحادية عشر على الجبل

حمدانوس حبيبي ..

أحبك وأؤمن بك وأثق بقلبك ..

وقلبي كثيرا يتحكم بي

ويخضعني لحبك رغما عني ورغبة مني ..

أحبك ..

وهذا كل ما أعرفه ..

حمدانوس دموع تحرق عيوني ونار شوق تحرق
فؤادي ..

وعذاب يحرق روحي ..

أتقلب بين بين ..

ولا يهدأ بالي .. حمدانوس أحبك بقوة وعمق ..

حمدانوس أحيانا أحس روحي تهرب مني إليك ..

وأحيانا أحس بقلبي سيرفرف يكاد يطير إليك كما
يحدث لي الآن . .

ولكن الآن أيضا قلبي يؤلمني ..

أشعر بتعب ..

حقا إن عشقك يجعلني مريضة أحيانا بسبب الشوق ..

هذا الشوق الذي علمتني أن أشتاقه لك ..

حمدانوس علمتني الشوق وتركتني أتقلب فيه لوحدي ..

حمدانوس لا عليك ..

كل ما أريد أن أقوله يا حبيبي الجميل وطفلي الصغير
بالشعر الأسود ..

أنا أحبك ..

نم قرير العين حبيبي واعلم أنك تسكن قلبي وروحي
وكل كياني ..

أعلم يا **حمدانوس** أنك حبيبي وأحبك رغم كل شيء
رغم العذاب ودموع البعد أحبك ..

أحبك رغم ألم الشوق ..

أحبك صغيري الجميل لك قبلة ليدك حبيبتي معالجتي
وطبيبتي ..

أرسل لك قبلة حنين على جبينك حبيبي ..

قبلة تهمس تصبح على خير ..

تصبح على حب يا حب حبيبي البعيد القريب يا ساكن وجداني ويا قاطنا بفؤادي ..

حمدانوس حين أشعر بالتعب أتمنى لو أرتمي بين ذراعيك وأسكن حضنك الدافئ بالحب ..

ليتنا معا ..

حبيبتك الجايمانوس

الرسالة الثانية عشر على الجبل

حمدانوس يا حبيب قلبي ..

حمدانوس كنت أتمنى وأتمنى ..

حمدانوس أنت حبيبي وقلبي يحبك ويثق بك ولكن أنا أحيانا أتعب من مجموعة أسئلة تدور حولي وتراودني وتأتي ببالي ..

حمدانوس أخاف كثيرا وأخاف من أشياء كثيرة ..

حمدان هذه الحيرة والأسئلة تجعلني أتعب كثيرا ..

حمدانوس أرجوك لا تزعل ..

أنت تعرف كيف هي الحيرة ..

حمدانوس أنا أتعذب كثيرا ولا أعرف إن كان بإمكانك أن تعرف مدى عذابي ..

وكيف هو عذاب الروح وألم العشق والشوق وألم
الحيرة ..

الجايمانوس

الرسالة الثالثة عشر على الجبل

الروح هاربة إليك .. ..

يا ساكن عيوني برموشي أحميك ..

الجايمانوس

بعد مرور سبعة ليالي والفتاة على قمة ذلك الجبل وبعد
إصرارها وإرسال الرسائل إلى حبيبها هكذا وفي الليلة
السابعة حدث أمر كثير الغرابة

لقد فتحت أمامها نافذة وكأنها من عالم آخر هالة منيرة
كثيرة الشعاع بألوان مختلفة ثم سقط بين يديها حبيبها،
إنه الفينيكس الهزيل المريض والذي بدا وكأنه ينازع
الحياة أو يفارقها.

عندما وقعت عيناها عليه لأول مرة تذكرت كل حياتها
معه ورأت الحب في عينيه وغاصت في عينه وبفعل

لمسة يد تذكرت حياتهما التي كانت تجمعهما في
الماضي

فتحت عينيها بعد أن رأت كل تلك الذكريات والدموع
تنهمر من عينيها وراحت تبكي وتناجي حبيبها وفي
تلك اللحظة شعرت بأنها بالفعل هي أيضا فينيكس

ولكن الفكرة التي كانت فقط في رأسها أصبحت حقيقة
وتحول نصف جسدها إلى فينيكس وأصبح لديها أجنحة
ولكنها في تلك اللحظة تذكرت كلام المرة العجوز
فواصلت كتابة مشاعرها بالرماد الذي أصبح يخرج
من جناحيها وذراعيها وبدأت هي تتحول إلى رماد
ولكن ذلك لم يخفها ولم يجعلها تتراجع.

إن إيمانها بالفكرة التي كانت في رأسها جعلها تتحول
إلى فينيكس رغم أنها بشرية في الحقيقة.

لقد بدأت يدها اليسرى تتحول إلى رماد فوضعتها على الأرض وعندما رأت بأن التحول مستمر والرماد على الأرض بدأت تكتب عليه بيدها اليمنى حبها للشاب.

واصلت الجايمانوس كتابة الرسائل

رسالة جديدة

ما مات قلبي يوم أنت قطفته .. ..

بل اصبح في كفك يحي

فيا عروقي ودمي ....

يا روحي ونبض قلبي الوحيد الحزين ..

قلب يخفق بين يديك

الجايمانوس

ورسالة أخرى

يا مالك الروح .. ..

يا مالك القلب .. هل تعلم ؟
كلما غضبت منك وجدت الحياة باردة من
حولي وقلبي يكاد ينفجر كبركان داخلي ..

فحبك يثور داخلي ويحاول إذابة الجليد الذي
حولي ..

إنه الهجر والبعد وسكوتك المستمر يجعلني
اغضب وبعد قليل اسرع إلى ذراعيك كطفلة
صغيرة ..

أين تذهب بي ؟..

.. إلى حالة من الجنون
إرأف بي ..

الجايمانوس

حبك يحييني .. ....

وسكوتك يتعبني ..

وقلبي يرهقني

قلبي ليس في طاعتي فعشقه لك يجعله ..
ينبض بك ..

الشوق يغلبني .. وأنت .. أين أنت ؟
تأمر كل جنودك بأسري ..

ولا تطمئن عليا ..

قلبي لك والروح والقلم والوريد والشريان
وكلي والكبد ..

وأنت لا تراعي ..

فماذا أقول لنفسي وبما أصبر الحال ؟ ..

الجايمانوس

نعم .. ..

قلبي يترجم كلامك ويوصل

لي الإحساس ..

.. جيد أن نكون نحن الاثنان نشبه بعضنا

ولكن هناك بعض الجوانب أنت تتفوق علي
قلبك مثلا يصبح قاس على عكس قلبي الذي
يذوب فيك عشقا وشوقا ..

ويدك لا تكتب لي بطريقة مباشرة في حين أنت
تملك يدي فتكتب لك رغبة مني وقوة عني ..

قلبي هذا لك ..

وأنا أهديك قلبي وروحي وحياتي وأوراق

عمري .. .. ..

الجايمانوس

الرسالة الخامسة

حمدانوس هناك أسئلة كثيرة تراودني ولا يوجد يا حمدانوس الروح من يجيب عن تساؤلاتي غيرك وعزة الله وجلاله ..

حمدانوس قلبي معك ..

دمت سالما يا روح القلب ..

الجايمانوس

الرسالة السادسة

حمدانوس أنا أحب ..

أحبك يا حمدانوس

وعاشقة لك

فهل أنت واقع في الحب مثلي؟

هل تحب روحا تعلقت بك .. وقلبا ينبض لك؟

الجايمانوس

أحيانا تحل على سمائي غيمة مظلمة غاضبة داكنة تحاول الرعود والبرق بأفكار الهجر والبعد والحرمان ولكن ما ألبث حتى أبعدها عن سماء عشقي لك يا حمدانوس يا سمائي وجنة الجنان ..

إنه الصبر يا حمدانوس هو من يحارب تلك الغيمة إنه صبر العشق المؤمن بحبه ..

صبر عاشق مؤمن بقوة حبه زاهد في البشر ويسمو بروحه إلى حب الجنة يا حمدانوس يا جنة الفردوس يا فردوس الجنات ..

حمدانوس رسائلي هي اعتكاف واعتراف وترانيم متعبدة في دير الحياة ..

الجايمانوس

الرسالة الثامنة

صباح الحب يا حمدانوس حبيب الروح ..

صباح الورد وروح الورد وعطر الورد وندى الصباح
وقبلات بريئة مسافرة

إليك مع نسمات الصباح يا حمدانوس حبيبي

الجايمانوس

الرسالة التاسعة

حمدانوس حبيبي روحي تحميك من البرد ..

أبعثلك قبلاتي وحض يدفيك ..

الجايمانوس

الرسالة العاشرة

حمدانوس القلب والروح والعمر والحياة..

حمدانوس روحي متعلقة بك وملتصقة بروحك والأمر
ليس بيدي بتاتا..

حمدانوس حبيبي أحيانا أنجرف بمشاعري وأكلمك
بطريقة غير رسمية ولكن بعد ذلك ومرة على مرة
تعتريني بعض الحيرة والكثير من الخوف والتساؤلات
. إلى متى ؟
. إلى متى وأنا لا اعرف طريقي ؟
أنا حقا في أحيان كثيرة أحس بأنني ضائعة وتائهة ..

لا اعرف من أين أتيت أو إلى أين أتجه
إلى متى وهذا القلب المسكين حائر ومتردد ومتخوف

..

... قلبي يرتجف من الخوف أحيانا
أنت يا حمدانوس تعلم يقينا أنك تملك قلبي ..

هل تعلم أنني أحيانا اخلي نفسي من مسؤولية ما قد
يحدث لهذا القلب الذي تمتلكه أنت في صدري وأقول
لو حدث ما حدث أنت المسئول.

وأنا أسامحك سواء

ملأته بالسعادة

أو براحة يدك ضغطته فأنهيته هو لك

وأنت

حر فيه

الجايمانوس

... حمدانوس لقد أدمنتك ولا اعرف مصيري

فكّرت كثيرا وقلت في نفسي قد يكون الرجال قُساة ..

من يدري ... .

أنا يا حمدانوس لم أقم باختيار أن أحبك ..

لا .. لا .. لم أفعل ذلك ..

حبك دخل قلبي بفعل القدر لو تسأل القلب والروح

.. والجسد لوجدت الجواب

... تساءلت .. وتساءلت .. وتساءلت

ما الذي أنا أفعله ؟

وإن سُئلت يوما عن وقتي فيما أفنيته ..

... هل أجيب في عشق حمدانوس

نعم أنا أقضي كل وقتي فيك

ليلا نهارا

لا أعرف ..

تلك الحيرة هي قوية وتعرف كيف تتسلل إليّا بين
الحين والآخر

لا كل هذا لأنني لا أعرف مكانتي عندك وفي قلبك
اعرف إن كنت في هذه الحال لوحدي أو مع رفيق دائم

...

... فالوضع يختلف بالتأكيد
وتتبدد كل الشكوك ويكتفي القلب ولو بحبيب بعيد
وحب صامت ..المهم انه

.. يسكن قلبا

وليس عابر سبيل يطرق بابا لا يُفتح له ..

...فعزيز النفس لا يطرق الباب طويلا
أنا عابرة سبيل وطال بي البقاء على الباب وأَذَتْنِي يدي

142

من الطرق المستمر وآلمتني كرامتي من الوقوف على باب قلبك ..

واستحيت من صاحب الباب إذ

يعلم أنني خارجا ولا يفتح فلما أصرُّ على البقاء أمام بابه ..

استحيت منك يا حمدانوس ... .

الجايمانوس

الرسالة الثانية عشر

. . حمدانوس حبيبي مساء الحب
مسائي أنت حبيبي وروحي وحياتي

الجايمانوس

الرسالة الثالثة عشر

. . حمدانوس يا غرامي

حبيبي وصغيري .. يا لون الفيروز في السماء

. . وقوس قزح

يا حجر الفيروز والزمرد .. أيها الحجر الكريم

. .

رغم قسوتك إلا أنك تخطف النظر وتسلب اللب

. . أيها الحجر الكريم

أحبك بجمال لونك وبهائك وندرتك وقسوتك

. . ولمعانك

حمدانوس يا كنزي الذي أخبؤه في قلبي

. . وروحي

أيها السر الجذاب

145

يا حمدانوس حبيبي

أيها الرجل الذي أحببته

أيها الرجل الذي أحب

أيها الرجل الذي سأحب دائما

آه كم أحبك

الجايمانوس

الرسالة الرابعة عشر

حمدانوس حبيبي كنت أفكر ماذا لو كنت روحا بلا
جسد لحلقت عاليا وسافرت إليك لألازمك وأحوم حولك

..

هذا الجسد كأنه يمنعني عنك ..

لا أظن أن هذا الجسد البشري ينفعني بشيء إلا أنه
يحبسني ويبقيني بعيدة عنك ..

لو كنت روحا سأكون قريبة منك دائما ولكنك لن تراني

..

وقد لا تراني أبدا

صدقا لا أعرف ماذا يجب أن أقول فحتى
التمني أصبح صعبا عليا

الجايمانوس

الرسالة الخامسة عشر

حمدانوس حبيبي

أريد أن أغفو على صدرك كطفلة صغيرة ..

أريد أن أضع رأسي على صدرك وأسمع

نبضاتك التي تمنحني أمان العالم

أحبك بقلبي وروحي وجسدي

الجايمانوس

الرسالة السادسة عشر

حمدانوس حبيبي أشتاق لك بوجع وألم ..

الوجع يا حمدانوس تجاوز الروح وإنقض على جسدي

أحيانا يفوق قدرة احتمالي ..

وأنا أناضل للبقاء فقط من أجل أن أحافظ على وعدي

لك ..

من أجل أن أحبك

حمدانوس صغيري ..

حمدانوس الوسيم أحبك

الجايمانوس

الرسالة السابعة عشر

حمدانوس الغرام مع كل الاحترام ..

حمدانوس أريد أعتذر منك على بعض الرسائل ..

فعندما أعود لأقرأ رسائلي أستحي منك كثيرا ومن نفسي ..

..لا أعرف

أنا أكتبها بلاوعي ..

فليست هذه طريقة كتابتي ..

لطالما كنت أوزن ما أقوله أو أكتبه ..

ولكن حين أكتب لك الكلام يتدفق في قلبي عبر

. . الوريد الذي يكتب لك بنبض قلبي

فقد أخبرتك سابقا بأن قلبي وروحي يتحكمان

في جسدي ويدي وأنت يا حبيب هذا القلب من

. . يتحكم به

أحبك بقوة شديدة تعصر قلبي من وجع الشوق

وقوة العشق

الجايمانوس

حمدانوس حبيبي

عشقي وغرامي

طفلي..

حمدانوس لا يسعني أن أتحكم في نفسي أريد أن أهديك كل الحب الموجود في العالم وكل الحب الذي يتدفق من قلبي وروحي كنبع خلق لك..

حمدانوس حبيبي أهديك قبلة تخبؤها نجمة الصباح و تحملها في وردة تتفتح لك كل صباح حين تلقاك..

أهديك قبلة مع أول حبة تمر تراها بعد قراءة

رسالتي..

أهديك قبلة مع أول رشفة لبن على شفتيك بعد

قراءة رسالتي هذه..

أرسل لك قبلة مع الرياح الغربية إذا هبت هذا

المساء قبلة على خدودك..

أحبك حمدانوس روحي..

الجايمانوس

صباح الحب حمدانوس حبيبي

صباح العشق والشوق ..

صباح تغريد العصافير بألحان كل العاشقين..

صباح نسمات الصبح تمسح على وجهك تقبلك حبيبي
وتقول لك صباح الخير

صباح الشوق من عاشق مشتاق ..

أرسل لك قبلة مع الرياح ، تطير في السماء أليك..

وتهمسلك صباح الحب يا روحي ..
والرياح ترسم قبلتي على شفاهك..

صباح الحب حمدانوس حبيبي يا كل وجودي

صباح الحب يا حمدانوس يا أجمل ما في حياتي

صباح الحب يا حمدانوس يا من أحب ..

يا كل الحب

الجايمانوس

الرسالة العشرون

حمدانوس حبيبي

عن إذنك سوف أذهب لكي أشرب قهوتي

الجايمانوس

الرسالة الحادية والعشرون

رجلي الشجاع والقوي ..

حمدانوس يا روحي ..

أريد أن نذهب أنت وأنا في نزهة في غابة ما ..

أنت تعلم أنني أحب الأشجار ..

كما أنها سوف تكرمنا بظل جميل..

لا تهم المسافة التي سوف نقطعها ولا يهم الإتجاه في
حقيقة الأمر ..

ما يهم هو أنت وأنا لوحدنا في مساحة مفتوحة وسط
أشجار وعصافير ..

وإن صادفنا ورودا أهديتني وردة لأزين بها شعري ..

وإن تعبنا من المشي استرحنا تحت ظل الأشجار
الحنونة ..

وإن تهنا لا يهم فقد نتوه في بعضنا

أحبك

الجايمانوس

حمدانوس حبيبي ..

حبيبتك متعبة وتشعر بالنعاس ..

بدي نام .. مش قادرة أسهر زيادة ..

فبقول لك تصبح على خير حبيبي

حمدانوس تصبح على حب يا حب ..

أحبك. جدا

يا مهجة قلبي وبهجته وصميمه ..

يا نبض القلب

أحبك وأتمنى ..

أتمنى ..

وأتمنى لو كنت جنبك وإنت تغطيني وتدفيني وأنام
وأنت قرة عيني ..

وتكون عيني وقلبي وروحي مليانة بيك ..

أحبك ..

وأسمع المطر وأنت من خوف الوحدة تحميني ..

وتضمني ومن الهجر تخبيني

الجايمانوس

وتحققت النبوءة

حتى حدث ما حدث تاليا

استلقت على الأرض بجانب حبيبها وراحت تكتب له
وهي تتأمل عينيه الدامعة وقد كان جسدها كله يتحول
إلى رماد إلا أنها لم تكن تشعر بالألم

راحت تكتب على ذلك الرماد حبها لحبيبها وشوقها إليه
وهكذا تحولت رجلاها ثم باقي جسدها ولم تصب
بالهلع لما يحدث بل كانت تكتب الرسائل إلى حبيبها
وهي كلها إيمان بالحب الذي جمعهما يوما.

وتحول باقي جسدها ويدها اليمنى التي كانت لاتزال
تكتب بها وهي تنطق بحروف الحب والهوى

ومع آخر ذرة رماد من جسدها حتى انتثر رمادها على
الفينيكس حبيبها الذي أشع بالنور فتحول الاثنان إلى
رجل وفتاة واخيرا حدث اللقاء وسعدا وتحققت النبوءة

لقاء الفينيكس رسائل من رماد.

Sommaire